W0288328

La soirée pyjama

Texte
Arnaud Alméras
Illustré par
Marygribouille

Cette histoire est à lire par un adulte
jusqu'à ce que l'enfant puisse lire seul.

Le papier de cet ouvrage est composé de fibres naturelles, renouvelables, fabriquées à partir de bois provenant de forêts gérées de manière responsable.

Cet ouvrage est conforme à la nouvelle orthographe
www.orthographe-recommandee.info

Nathan

Madame Duval

Téo

Monsieur Duval

Timini

Éva

Lou

Fari

ISBN : 978-2-09-124906-3

1

L'arrivée des enfants

Téo est très impatient. Il a invité ses trois meilleurs amis : Lou, Fari et Éva.

« Dring ! » Ça sonne enfin à la porte ! Téo se précipite, mais Timini, le robot de la famille, est plus rapide que lui.

– Salut, Timini ! s'écrie Lou, qui arrive toujours la première.
Les yeux du robot se mettent à clignoter de joie quand il ouvre la porte.
La fillette lui fait un bisou sur sa joue de métal :
– Quand on t'embrasse, il faut y aller doucement, sinon on se fait une bosse !

Éva et Fari arrivent à leur tour.
Les invités sont enfin là !
Guidés dans la maison par Timini,
les deux amis déposent leurs affaires
et rejoignent Téo et Lou dans le jardin.

– Est-ce que ta maman a inventé de nouvelles choses ? Un copain pour Timini ? demande Éva.

– Faire un robot, c'était déjà beaucoup de boulot ! lui répond Téo.

Puis, suivi de Timini, il entraine Lou, Fari et Éva au fond du jardin, vers une drôle de petite maison.

2

La visite du labo

À l'intérieur, il y a toutes sortes de choses :
un tableau noir, des ordinateurs, des outils,
des fils électriques, des flacons…
Téo s'approche d'un étrange véhicule,
au fond de la pièce.

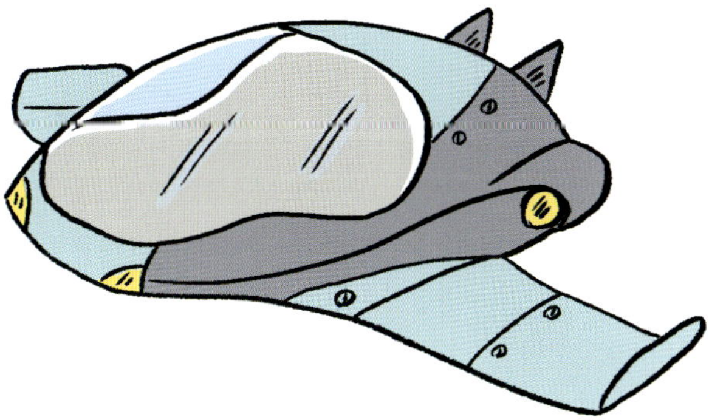

– Ça, c'est l'Aéromobile, une voiture volante.
Elle est enfin prête. Maman m'a montré
comment la faire marcher !

– Bonjour les enfants ! Bienvenue dans mon laboratoire ! s'exclame madame Duval qui malaxe une pâte verte à l'aide d'une drôle de machine.

Téo, tout fier, explique à ses amis :

– Maman travaille sur l'Ultra-Slime, une pâte collante qui peut s'étirer sur 100 mètres ! Elle l'a fabriquée à partir d'algues, c'est écologique !

Éva désigne une boule verte bien ronde :

– C'est quoi ça ?

– C'est une balle à base d'Ultra-Slime, répond l'inventrice. Mais pour le moment, elle rebondit un peu trop…

– Et ça, c'est quoi ? demande Fari.

– Ce sont des chaussures à semelles rebondissantes, explique la maman de Téo.

Madame Duval tend les chaussures
et l'Ultra-balle à Fari :
– Pourquoi n'allez-vous pas les essayer
dans le jardin ?
Les enfants, suivis de Timini,
se précipitent aussitôt à l'extérieur,
munis de ces supers objets.

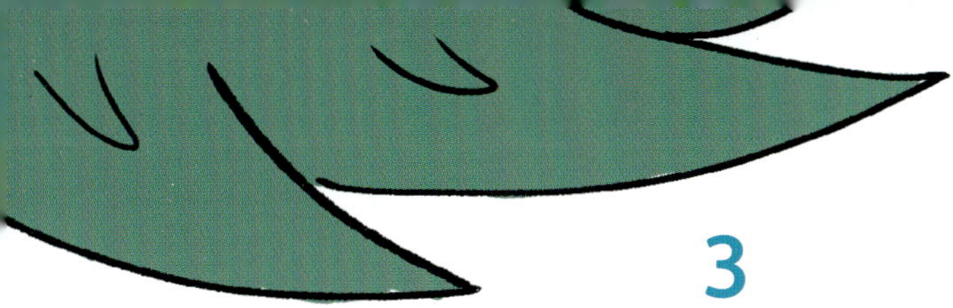

3

Les bêtises commencent

Éva est la première à essayer les chaussures. À peine les a-t-elle enfilées qu'elle se met à bondir et rebondir dans tous les sens. Elle saute par-dessus les fleurs et parvient même à toucher les plus hautes branches du sapin.

– On est comme sur un trampoline, crie-t-elle. C'est génial !

– Et si on jouait à chat-ballon ? propose Lou.
Fari hausse les épaules :
– Si elle saute aussi haut, on ne pourra jamais la toucher.
– Alors, c'est elle le chat ! décide Téo, en envoyant la balle à Éva.
La fillette, qui saute sans pouvoir s'arrêter, se penche pour attraper la balle, et se retrouve le nez dans l'herbe, tout étourdie.

Vite ! Timini, qui a observé la scène, étend ses longs bras **télescopiques** pour l'aider à se relever.

– Tu ne t'es pas fait mal ? lui demande le robot.

– Elles sautent tellement, ces chaussures, qu'on a du mal à les contrôler ! ronchonne Éva.

À cet instant, le papa de Téo apparait dans le jardin et les appelle :

– À table !

Lou soupire :

– Dommage, on n’a pas eu le temps de jouer !

Timini récupère la balle et la paire de chaussures, et se faufile discrètement dans la maison…

4

Le repas

Les enfants s'installent sans tarder. Timini les rejoint car même si un robot ne mange pas, on lui laisse toujours une place à table. Monsieur Duval a cuisiné un poulet et des petits pois. Tout le monde se régale, quand soudain, les yeux de Lou se mettent à briller.

La fillette se tourne vers Timini :

– Sais-tu que les petits pois sont rouges ?

– Les petits pois sont rouges ? Les petits pois sont rouges ? répète le robot. Mais non, les petits pois sont verts… Tu vois bien, nom d'un petit boulon !

Moqueuse, Lou insiste :

– Mais si Timini ! Les petits pois sont rouges… comme les petits poissons rouges !

Les trois amis rient à la blague de Lou.

Mais le robot, perturbé, répète en boucle :

– Les petits pois sont verts ! Les petits pois sont verts !

La tête du robot se met à tourner trois fois sur elle-même. Timini ne comprend pas ce qui se passe.

– Vous savez bien que je n'ai pas réussi à **programmer** le sens de l'humour quand je l'ai fabriqué ! soupire la maman de Téo.

Éva pose sa main sur celle, toute froide, du robot :

– Le pauvre ! Il est différent de nous, ce n'est pas bien de se moquer de lui !

Un silence embarrassé s'installe
jusqu'à la fin du diner.
Fari propose alors :
– On vous aide à débarrasser ?
– Merci, mais ce n'est pas nécessaire,
répond monsieur Duval, avec un sourire.

Il appuie sur une télécommande. Le centre de la table s'écarte et s'incline. La vaisselle disparait dans une petite machine à laver dissimulée en-dessous.

– J'ai inventé cette table qui se débarrasse toute seule, explique la maman de Téo. Finies les corvées !

Alors tout le monde éclate de rire, même Timini !

légumes

5

Les bêtises reprennent

Téo et ses amis jouent au jeu des 7 familles avec Timini, pendant que les parents lisent dans le salon.
Arrive l'heure du coucher.
Timini s'assied sur le lit de Téo.
Il s'apprête à raconter une histoire lorsque Lou pousse un cri :
– Oh ! La balle et les chaussures !
Elle vient de les apercevoir sous le lit de Téo.
C'est là que le robot les a cachées, tout à l'heure.
– On pourrait peut-être jouer un peu, propose Téo.

Cette fois-ci, c'est Lou qui enfile les chaussures. Téo lance la balle à Éva, qui la renvoie à Fari. Mais Fari la rate et elle se met à rebondir, de plus en plus fort !

Timini lance ses bras télescopiques à travers la chambre pour essayer d'attraper la balle. Mais elle rebondit de plus en plus vite ! La tête du robot tourne dans tous les sens et ses bras finissent par s'emmêler !

Lou s'élance alors sur ses chaussures rebondissantes pour rattraper l'Ultra-balle. Elle fait un bond énorme, traverse toute la pièce et saisit la balle au passage : « AAAAH ! ».

À cet instant, la porte s'ouvre. Lou atterrit dans les bras de madame Duval qui se retrouve assise sur le sol, le souffle coupé. Monsieur Duval, alerté par le vacarme, arrive à son tour.

– C'est quoi, ce bazar ?

Téo raconte ce qui s'est passé.
Pendant ce temps, les enfants tentent de démêler les bras de Timini qui forment un gros nœud.
Fari chuchote à ses amis :
– On a inventé un nouveau jeu…
Ce n'est pas du football,
c'est du foufou-balle !

Madame Duval a repris ses esprits et soupire :
– Ces inventions ne sont pas tout à fait au point. Je dois encore y travailler.
– Et maintenant, au lit ! ajoute le papa de Téo. Bonne nuit !
– Bonne nuit ! répondent en chœur les enfants.
Timini, lui, se met sur « pause » pour la nuit…

Pour bien comprendre

- **télescopique** : Timini a des bras qui peuvent se rétrécir et s'allonger, des bras **télescopiques**.

- **programmer** : Programmer une machine, c'est lui donner des consignes pour qu'elle fasse quelque chose par elle-même.

→ *Madame Duval a **programmé** le robot pour qu'il protège les enfants.*

Conception graphique : Julie Lannes

Mise en pages : Typo-Virgule

Édition : Lise Hagneré et Alexandra Rousselle

N° d'éditeur : 10243459 - Février 2020
Imprimé en France par Pollina - 93095